2

Omar Flemeth

Fantasmas y espíritus

Historia, leyendas y explicaciones racionales

Título: Fantasmas y espíritus
Autor : Omar Flemeth

Todos los derechos reservados por el autor
Queda prohibida la reproducción total o parcial de este libro sin el consentimiento previo del autor.

Primera edición: Noviembre de 2023

Índice

1- Introducción

1.1 Definición del concepto de fantasma

1.2 Breve repaso histórico

2- Los fantasmas en las civilizaciones antiguas

2.1 El Antiguo Egipto

2.2 La antigua Grecia

2.3 La antigua Roma

2.4 La antigua China

2.5 Civilizaciones maya y azteca

3- Los fantasmas en las distintas religiones

3.1 Cristianismo

3.2 Islam

3.3 Budismo

3.4 Hinduismo

3.5 El chamanismo

3.6 Otras religiones y creencias

4- Leyendas y cuentos

4.1 Leyendas europeas

4.2 Leyendas asiáticas

4.3 Leyendas americanas

4.4 Historias contemporáneas

4.5 Análisis de las similitudes y diferencias entre las leyendas

5- Organizaciones y ocultismo

5.1 La Sociedad Teosófica

5.2 La Orden Hermética de la Aurora Dorada

5.3 La Iglesia de Satán

5.4 Organizaciones paranormales modernas

5.5 Críticas y controversias

6- Posibles explicaciones e hipótesis científicas

6.1 Interpretaciones psicológicas

6.2 Interpretaciones físicas

6.3 Supuestos multidimensionales

6.4 Crítica a las explicaciones científicas

7- Fenómenos paralelos

7.1 Poltergeist

7.2 Médium y espiritismo

7.3 Apariciones y visiones

7.4 Experiencias cercanas a la muerte (ECM)

8- Personalidades implicadas en el fenómeno

8.1 Harry Houdini

8.2 Sir Arthur Conan Doyle

8.3 Ed y Lorraine Warren

8.4 Personalidades contemporáneas

9- Ejemplos de avistamientos

9.1 Avistamientos históricos

9.2 Avistamientos simultáneos

9.3 Análisis e interpretaciones

10- Conclusiones

10.1 Resumen de teorías y narrativas

10.2 Impacto cultural de los fantasmas

10.3 Reflexiones finales

INTRODUCCIÓN

1.1 Definición del concepto de fantasma

Una ráfaga de viento en una habitación cerrada, un ruido inesperado en el silencio de la noche, un movimiento apenas perceptible con el rabillo del ojo... a veces, estas experiencias se entrelazan con la sensación generalizada e inexplicable de "presencia". Durante siglos, la humanidad ha dado un nombre a esta sensación: fantasmas. Pero, ¿qué significa realmente este término? ¿Qué es un fantasma?

En general, puede decirse que un fantasma es el espíritu o alma de una persona muerta que se aparece a los vivos de forma visible o perceptible de algún otro modo. Pero la realidad, como suele ocurrir, es mucho más compleja y polifacética.

La concepción exacta de lo que es un fantasma puede variar mucho según la cultura o la religión. En algunas culturas, los fantasmas se consideran entidades malévolas, espíritus traviesos o demonios aterradores. En otras, por el contrario, pueden verse como espíritus benignos, guías espirituales o incluso antepasados venerados. En las creencias populares, pueden ser espíritus inquietos, condenados a vagar por la eternidad a causa de algún mal sufrido o cometido durante su vida terrenal.

Es interesante observar cómo ha evolucionado el concepto de fantasma a lo largo del tiempo. En las sociedades antiguas, los fantasmas solían verse como entidades reales y tangibles. Se les describía como figuras vestidas de blanco o como sombras oscuras, con consistencia física propia, capaces de interactuar con el mundo de los vivos. En cambio, en las sociedades modernas, los fantasmas tienden a verse más como fenómenos psicológicos o metafóricos. A menudo se asocian con experiencias de dolor, pérdida o culpabilidad.

Por último, no podemos ignorar el impacto de los medios de comunicación en nuestra comprensión de los fantasmas. La literatura, el cine, la televisión y ahora las redes sociales han influido profundamente en nuestra percepción y comprensión de los fantasmas. Los fantasmas de las novelas góticas, las películas de terror y los cuentos de los campamentos de exploradores han pasado a formar parte de nuestro imaginario colectivo, configurando y reflejando nuestros miedos, nuestras esperanzas y nuestra relación con lo desconocido.

En este libro intentaremos explorar el vasto y complejo fenómeno de los fantasmas en todas sus múltiples facetas. Pero, por ahora, cuando hablamos de "fantasmas", nos referimos a esas percepciones de presencias invisibles, explicables o no, que han fascinado y atemorizado a la humanidad durante siglos.

1.2 Breve repaso histórico

Lo sobrenatural, lo invisible, lo de otro mundo: estas dimensiones misteriosas siempre han cautivado la imaginación del hombre. Los fantasmas, en particular, son figuras centrales de este universo de misterio. Puede decirse que cada civilización, cada cultura, ha tenido sus propias historias de fantasmas, cada una reflejo de sus creencias, temores y valores.

Las primeras historias de fantasmas se remontan a las antiguas culturas mesopotámicas, donde los espíritus de los muertos solían verse como seres hambrientos e inquietos, condenados a vagar por el mundo de los vivos. Esta oscura visión del más allá también se refleja en las antiguas creencias egipcias, donde la momificación y las elaboradas tumbas de los faraones pretendían proporcionar un paso seguro al más allá, evitando así el eterno vagar como espíritus inquietos.

En la antigua Grecia, los fantasmas (o "sombras", como se les llamaba) eran habituales en mitos y leyendas. Habitaban el sombrío reino de Hades, el dios del más allá, pero también podían aparecerse a los vivos, a menudo como mensajeros o advertencias de ultratumba.

Con la llegada del cristianismo, la percepción de los fantasmas volvió a cambiar. En la Edad Media, los fantasmas solían verse como almas en pena, atrapadas en el limbo entre el cielo y el infierno. Estos fantasmas solían estar vinculados a historias de pecado y redención, representando una advertencia moral para los vivos.

Durante el Renacimiento y la Ilustración, el interés por los fantasmas no disminuyó, pero las interpretaciones se hicieron más complejas. Influidos por los nuevos descubrimientos científicos y el énfasis en la razón y la observación, algunos empezaron a buscar explicaciones naturales a los fenómenos fantasmales. Otros, sin embargo, veían en los fantasmas una prueba de la existencia del más allá y de la espiritualidad humana.

En la era moderna, el interés por los fantasmas ha adquirido una nueva forma, a menudo vinculada a la psicología y lo paranormal. La imagen del fantasma como manifestación de un trauma no resuelto o como fenómeno vinculado a la experiencia de una muerte inminente se ha extendido cada vez más. Al mismo tiempo, sigue persistiendo la imagen popular del fantasma como figura fantasmal encadenada que deambula por viejas mansiones, alimentada por los medios de comunicación y el género de terror.

En este recorrido por la historia de los fantasmas, veremos cómo estos seres invisibles han sido interpretados y comprendidos de formas muy diferentes. Esta variedad refleja nuestra compleja relación con la muerte, lo desconocido y lo invisible, y quizá en última instancia con nosotros mismos.

CAPÍTULO 2

FANTASMAS EN LAS CIVILIZACIONES ANTIGUAS

2.1 El Antiguo Egipto

Las arenas del tiempo nos transportan a una de las civilizaciones más antiguas y fascinantes de la historia de la humanidad: el antiguo Egipto. Los grandiosos monumentos y pirámides, que aún resisten el paso del tiempo, son testimonio de la profunda preocupación de los antiguos egipcios por la muerte y el más allá, un mundo invisible pero tangiblemente presente en su vida cotidiana.

Para los antiguos egipcios, la muerte no era el final, sino el comienzo de un nuevo viaje. Creían que la persona estaba compuesta de varios elementos, entre ellos el "Ka", una especie de doble espiritual, y el "Ba", que puede compararse con nuestra concepción del alma. Al morir, el Ba se separaba del cuerpo pero seguía existiendo. Por eso era importante conservar el cuerpo del difunto mediante la momificación, para que el Ba tuviera un punto de referencia en el mundo de los vivos.

En esta concepción, los fantasmas solían verse como manifestaciones del Ba de los muertos. Generalmente se les consideraba benignos, sobre todo si se les honraba adecuadamente con ofrendas y oraciones. Sin embargo, si se les descuidaba o si habían sufrido injusticias en vida, podían volverse malignos y causar problemas a los vivos. Hay varias inscripciones y textos que hablan de sacerdotes y funcionarios a los que se recurría para apaciguar a espíritus inquietos.

Cabe destacar que el antiguo Egipto produjo uno de los "libros de los muertos" más antiguos que se conocen, un conjunto de fórmulas mágicas y conjuros destinados a ayudar a los difuntos en su viaje al más allá y a proteger a los vivos de posibles espíritus malévolos. Este texto aporta valiosas pruebas de las creencias egipcias sobre la muerte y los fantasmas.

En última instancia, la visión egipcia de los fantasmas estaba estrechamente vinculada a su concepto de la vida después de la muerte. Las elaboradas creencias y prácticas que desarrollaron reflejan su preocupación por el bienestar de los muertos y su interacción con el mundo de los vivos, una compleja relación que traspasa la barrera entre lo visible y lo invisible.

2.2 La antigua Grecia

Dejando las orillas del Nilo, nos embarcamos en un viaje a través del Mediterráneo hacia otro pilar de la civilización antigua: Grecia. Aquí, entre las ruinas de los templos y los textos de filósofos y poetas, encontramos una visión de lo sobrenatural y del más allá tan fascinante como compleja.

La concepción griega de un fantasma o "sombra" (conocida como "sombra" o "eidolon") estaba íntimamente ligada a su visión del más allá. Creían que cuando una persona moría, su espíritu o "psique" abandonaba el cuerpo para viajar al reino del dios Hades, un lugar sombrío y brumoso conocido como el Inframundo.

Las "sombras" de los espíritus de los muertos podían aparecerse a los vivos, a menudo en sueños, pero a veces también en el mundo físico. Estas apariciones solían ser portadoras de mensajes o advertencias. En algunos relatos, como la Odisea de Homero, vemos al protagonista Odiseo comunicarse con las sombras de los muertos para obtener consejos o predicciones sobre el futuro.

Sin embargo, no todos los espíritus de los muertos eran pacíficos o serviciales. También existían historias de entidades malévolas, conocidas como "keres" o "larvas", que atormentaban a los vivos con pesadillas y enfermedades. A menudo se asociaban a muertes violentas o prematuras, o a personas que habían llevado una vida de pecado.

En general, los griegos tenían una visión del mundo de los fantasmas que reflejaba su concepción del más allá como un lugar de sombras y secretos. Sin embargo, a pesar de su naturaleza a menudo fantasmal e inquietante, este mundo se consideraba una parte natural e inevitable de la existencia, un reflejo del ciclo de vida, muerte y renacimiento que caracterizaba su visión del cosmos.

2.3 El Imperio Romano

Ahora dirigimos nuestro barco de la historia hacia el oeste, a orillas del Tíber, a la ciudad eterna de Roma. El Imperio Romano, con su inmensidad y diversidad, nos ofrece una imagen interesante y polifacética del concepto de fantasma.

Los romanos eran conocidos por su síntesis de diferentes tradiciones y creencias, y su visión de los fantasmas no era una excepción. Habían asimilado muchas de las creencias griegas, pero también tenían sus propias peculiaridades.

Al igual que los griegos, los romanos creían que los espíritus de los muertos, o "manes", moraban en el inframundo y podían visitar ocasionalmente el mundo de los vivos. Sin embargo, los romanos se distinguían por sus elaboradas prácticas y rituales para honrar y apaciguar a los espíritus de los muertos. Incluían ofrendas de comida y bebida, y ceremonias como Parentalia y Lemuria, durante las cuales las familias recordaban a sus antepasados e intentaban ahuyentar a los espíritus malévolos.

Los relatos de apariciones fantasmales son frecuentes en la literatura romana. Quizá uno de los más famosos sea el relato de Plinio el Joven sobre la aparición de un fantasma encadenado en una casa de Atenas. Estas historias suelen representar espíritus que buscan justicia o que llevan mensajes del mundo de los muertos.

Otro aspecto interesante de las creencias romanas se refiere a los "Lares" y "Penates", espíritus protectores del hogar y la familia.

Aunque no son fantasmas en el sentido estricto del término, muestran cómo los romanos veían el mundo espiritual íntimamente ligado a su vida cotidiana.

Los romanos tenían una visión pragmática y respetuosa de los fantasmas. A través de sus rituales e historias, intentaban navegar por la complicada relación entre los vivos y los muertos, tratando de honrar el pasado y proteger el presente.

2.4 La Edad Media europea

A medida que las ruinas del Imperio Romano desaparecen en el retrovisor del tiempo, entramos en la era de las catedrales góticas, los castillos en las alturas rocosas y los manuscritos iluminados: la Edad Media. Durante este periodo, Europa estuvo profundamente influida por la Iglesia cristiana, y sus creencias sobre los fantasmas reflejaban las doctrinas religiosas y las ansiedades espirituales de la época.

En la concepción cristiana, los fantasmas eran vistos generalmente como almas de los muertos atrapadas en el limbo entre el cielo y el infierno. Estos espíritus, a menudo descritos como almas en pena, se aparecían a los vivos para pedirles oraciones o actos de caridad que pudieran ayudarles a encontrar la paz. En algunos casos, se consideraban advertencias divinas o testigos de la realidad del pecado y el juicio.

Un tema común en las historias de fantasmas medievales son las visitas nocturnas. Los espíritus suelen aparecer de noche, sobre todo en monasterios o lugares de oración, donde buscan la ayuda de monjes o santos. Estos relatos, como el famoso cuento del fantasma del monje en el "Diálogo sobre los milagros" de César de Heisterbach, suelen estar impregnados de moral y enseñanzas espirituales.

En la Edad Media también se desarrolló un género literario conocido como "Exempla", relatos breves utilizados por los predicadores para ilustrar lecciones morales y teológicas. Muchas de estas historias están protagonizadas por fantasmas que buscan la redención o advierten de los peligros del pecado.

Cabe señalar que, aunque predominaba la visión cristiana, también existían otras creencias y prácticas relacionadas con los fantasmas. Las tradiciones populares y las supersticiones locales solían contar historias de espíritus inquietos, brujas y otras entidades sobrenaturales.

En la Edad Media, los fantasmas estaban estrechamente vinculados a la teología y la espiritualidad cristianas. Reflejaban las tensiones entre lo sagrado y lo profano, lo terrenal y lo etéreo, y desempeñaron un papel importante en la formación de la imaginación y la mentalidad medievales.El mito de la Atlántida ha tenido un impacto significativo en la cultura popular, encontrando expresión en diversos medios, desde el cine a la literatura, desde el arte a los videojuegos. Este subcapítulo explora algunas de las representaciones más influyentes y memorables de la Atlántida en la cultura popular.

2.5 Asia Oriental: China, Japón y Corea

Ahora levamos las anclas de nuestro barco del tiempo y navegamos hacia el Este, sobre las montañas de Asia Central, hasta las costas del Lejano Oriente. Aquí, las antiguas culturas de China, Japón y Corea ofrecen una visión diferente y fascinante del mundo de los fantasmas.

- China

En la tradición china, los fantasmas (gui) y los espíritus (shen) desempeñan un papel importante. Los antiguos chinos creían que, al morir, el alma se dividía en dos partes: la "hun", que asciende al cielo, y la "po", que permanece con el cuerpo. Si los ritos funerarios no se realizan correctamente, o si la persona muere de forma violenta o prematura, estas almas pueden convertirse en fantasmas inquietos.

Las historias de fantasmas son un elemento recurrente en la literatura china. Un ejemplo famoso es la colección de relatos "Cuentos extraños de la sala de estudio", de Pu Songling, que presenta una variedad de espíritus, espectros y criaturas sobrenaturales.

- Japón

Japón tiene una rica tradición de historias de fantasmas, o "yūrei". Estos espíritus suelen representarse como figuras vestidas de blanco, con largos cabellos negros y sin piernas. Como en la tradición china, se cree que se inquietan si no reciben los ritos funerarios adecuados o si mueren de forma traumática.

Las historias de yūrei son un elemento común en el teatro Kabuki y Noh, así como en cuentos populares y obras literarias. Un ejemplo famoso es la historia de Okiku, el fantasma de una sirvienta que atormenta a su malvado amo.

- Corea del Sur

Corea también tiene una larga historia de creencias y cuentos sobre fantasmas, o "gwisin". Como en las tradiciones china y japonesa, los gwisin suelen asociarse a muertes violentas o antinaturales, o a espíritus que no han recibido los ritos funerarios adecuados.

En la literatura y el cine coreanos, las historias de fantasmas son un género popular. Suelen representar fantasmas femeninos que buscan venganza o justicia, reflejando temas sociales e históricos.

Podemos decir que las culturas de Asia Oriental ofrecen una visión del mundo de los fantasmas tan fascinante como aterradora. A través de sus historias y creencias, exploran la frontera entre la vida y la muerte, lo conocido y lo desconocido, lo real y lo irreal.

CAPÍTULO 3

FANTASMAS EN LAS RELIGIONES

3.1 Cristianismo

El cristianismo, con sus múltiples denominaciones y tradiciones, tiene una visión de lo sobrenatural que ha influido profundamente en la cultura y el arte occidentales. Los fantasmas, en particular, son un tema que ha generado una gran variedad de interpretaciones y debates teológicos.

En la visión cristiana tradicional, los muertos van al cielo, al infierno o, según algunas doctrinas, al purgatorio. En general, se considera que los fantasmas son las almas de aquellos que están "atrapados" entre estos reinos, o que han abandonado el purgatorio para visitar a los vivos. Estas apariciones suelen describirse como peticiones de oración o advertencias del juicio divino.

Un pasaje del Nuevo Testamento que se cita a menudo en los debates sobre fantasmas es la historia de Jesús caminando sobre las aguas (Marcos 6:45-52, Mateo 14:22-33, Juan 6:16-21). Cuando los discípulos ven a Jesús acercarse a la barca, al principio piensan que es un fantasma, antes de reconocerlo.

Durante la Edad Media, las historias de fantasmas eran habituales y a menudo se utilizaban para enseñar lecciones morales o religiosas. En la época moderna, sin embargo, algunas confesiones cristianas han adoptado una visión más escéptica, considerando a los fantasmas como ilusiones o trucos demoníacos.

Una interesante cuestión teológica se refiere al papel del Espíritu Santo, que en el cristianismo se considera una de las tres personas de la Trinidad. Aunque el Espíritu Santo no es un "fantasma" en el sentido popular del término, su papel como mediador entre Dios y la humanidad y como presencia invisible pero influyente ofrece un interesante paralelismo.

El cristianismo ofrece una visión de los fantasmas profundamente vinculada a su visión del más allá y la salvación. Aunque las interpretaciones pueden variar, la figura del fantasma suele servir de puente entre lo divino y lo humano, lo terrenal y lo etéreo.

3.2 Islam

El Islam posee una rica tradición de narraciones y creencias sobre el mundo invisible y sus entidades. Los fantasmas, tal y como los entendemos en Occidente, no encuentran una correspondencia precisa en la doctrina islámica. Lo que encontramos en cambio son las figuras de los "jinn".

En el Corán, los genios se describen como criaturas hechas de "humo sin fuego", capaces de interactuar con los seres humanos, pero generalmente invisibles a los ojos humanos. Están dotados de libre albedrío y, como los humanos, pueden ser buenos o malos, creyentes o no creyentes.

Aunque no son exactamente equivalentes a los fantasmas, los genios se asocian a menudo con fenómenos paranormales, como apariciones o posesiones. Según algunas interpretaciones, los jinn pueden adoptar formas humanas o animales e influir en el mundo físico de forma misteriosa.

Las historias de genios son frecuentes en la literatura y la tradición oral islámicas. Las mil y una noches, por ejemplo, está repleta de historias de genios y otras criaturas sobrenaturales. Además, los rituales para protegerse de los genios malignos, como la recitación de versículos del Corán, son prácticas habituales en muchas culturas islámicas.

Sin embargo, es importante señalar que el Islam desaconseja enérgicamente invocar a los genios o intentar comunicarse con ellos, ya que se considera una forma de idolatría o superstición.

Del mismo modo, el Islam enseña que las almas de los muertos pasan a un estado de existencia llamado "barzakh" hasta el Día del Juicio Final. Durante este periodo, no pueden interactuar con el mundo de los vivos. Aunque el Islam no tiene una concepción de los "fantasmas" en el sentido occidental, sus creencias sobre los genios y la vida después de la muerte ofrecen una visión fascinante y compleja del mundo invisible.

3.3 Hinduismo y budismo

El hinduismo y el budismo, dos de las principales religiones del sur y el este de Asia, presentan conceptos y relatos fascinantes sobre lo sobrenatural y la vida después de la muerte. Ambas tradiciones creen en el ciclo de muerte y renacimiento, conocido como samsara, e incluyen historias y creencias sobre espíritus y entidades no físicas.

- Hinduismo

En el hinduismo se cree que las almas de los muertos pasan por un periodo de juicio y purificación antes de reencarnarse. Sin embargo, si una persona muere de forma violenta o inesperada, o si los ritos funerarios no se realizan correctamente, su alma puede convertirse en un "preta" o "bhuta" (fantasma), atrapado en el mundo terrenal.

Los "bhutas" suelen describirse como entidades malignas o espeluznantes, mientras que los "pretas" se consideran espíritus hambrientos, en constante búsqueda de comida o bebida. Las historias y rituales asociados a estas entidades desempeñan un papel importante en muchas tradiciones populares y regionales de la India.

- Budismo

El budismo, que surgió del hinduismo, comparte la creencia en el samsara y la reencarnación. Sin embargo, a diferencia del hinduismo, el budismo hace hincapié en la importancia de liberarse del ciclo del renacimiento mediante la iluminación espiritual.

En el budismo, los "preta" o "fantasmas hambrientos" son uno de los seis destinos del renacimiento. Se describen como seres aquejados de un deseo insaciable, a menudo como consecuencia de su apego o codicia en una vida anterior.

Al mismo tiempo, el budismo reconoce la existencia de diversas entidades no humanas, como los deva (seres celestiales) y los yaksha (espíritus de la naturaleza). Muchos de estos seres pueden interactuar con los humanos e influir en su destino, y las historias sobre ellos son habituales en los Jataka (relatos de las vidas anteriores de Buda) y otros textos budistas.

En conclusión, tanto el hinduismo como el budismo ofrecen una visión del mundo de los fantasmas estrechamente relacionada con sus doctrinas del karma, el samsara y la iluminación. A través de sus historias y prácticas, exploran las tensiones entre apego y desapego, sufrimiento y liberación, lo visible y lo invisible.

3.4 Culturas indígenas antiguas: nativos americanos y aborígenes australianos

En las antiguas culturas indígenas, los fantasmas y los espíritus desempeñan un papel crucial. Estas ricas y complejas tradiciones consideran que el ser humano y lo sobrenatural están interconectados de forma profunda e íntima. Examinaremos dos de estas culturas: la de los nativos americanos y la de los aborígenes australianos.

- Nativos americanos

Entre los cientos de tribus nativas americanas existen muchas interpretaciones de lo sobrenatural. En general, se reconoce la existencia de espíritus, que pueden ser benévolos o malévolos. Los espíritus pueden habitar en animales, personas, plantas y lugares naturales.

Muchos relatos de los nativos americanos incluyen referencias a figuras fantasmales o espíritus de los muertos. Sin embargo, no se trata necesariamente de entidades temibles. En muchas culturas, se cree que los espíritus de los muertos permanecen cerca de sus descendientes, ofreciéndoles protección y sabiduría.

- Aborígenes australianos

Para los aborígenes australianos, la espiritualidad está profundamente ligada a la tierra y sus fenómenos naturales. Creen en el "Tiempo del Sueño", una era mítica en la que seres espirituales crearon el mundo. Estos espíritus viven en los paisajes, las plantas, los animales y las personas.

Los aborígenes no tienen un concepto de "fantasma" en el sentido occidental, pero creen en la existencia de diversos espíritus y figuras sobrenaturales. Algunas de ellas pueden estar relacionadas con personas fallecidas. Por ejemplo, el "yowie" es un ser descrito a menudo como un espíritu protector relacionado con un antepasado fallecido.

En conclusión, las antiguas culturas indígenas ofrecen una perspectiva única de lo sobrenatural. La visión del mundo como impregnado de espíritus y fuerzas invisibles nos recuerda que los fantasmas, en todas sus formas, son una manera de explorar nuestra relación con lo desconocido y con las fuerzas mayores de la vida y la muerte.

3.5 Civilizaciones precolombinas: mayas, incas y aztecas

Las civilizaciones precolombinas de América Central y del Sur tenían una profunda conexión con lo sobrenatural, que se reflejaba en sus mitos, rituales y obras de arte. Sus visiones del más allá y de los espíritus de los muertos son fascinantes y complejas, y ofrecen una perspectiva diferente del fenómeno de los fantasmas.

- Maya

La civilización maya creía en una intrincada vida después de la muerte con varios niveles. Los espíritus de los muertos se embarcaban en un viaje a través de estos reinos, encontrándose con diversos dioses y desafíos. Sin embargo, hay pocas pruebas de que existiera una creencia específica en los fantasmas tal y como los entendemos hoy en día. Sin embargo, los espíritus eran una parte importante de la vida y la religión mayas, y los mayas celebraban rituales para honrar a sus antepasados y pedir su ayuda o protección.

- Inca

Los incas creían que, tras la muerte, el alma de una persona podía ir al mundo de los dioses, al mundo de los muertos o permanecer en la Tierra como espíritu, dependiendo de las acciones realizadas en vida. Las momias de los incas eran veneradas y tratadas como si estuvieran vivas, se las consultaba en busca de consejo e incluso se las llevaba a festivales y ceremonias. Esto sugiere la creencia de que los espíritus de los muertos podían permanecer activos en el mundo de los vivos.

- Aztecas

Los aztecas creían en un complejo sistema de vida después de la muerte en el que el alma del difunto debía superar una serie de pruebas para llegar al Mictlán, el reino de los muertos. Al igual que los incas, los aztecas practicaban el culto a los antepasados y creían que los espíritus de los muertos podían influir en el mundo de los vivos. En particular, los aztecas temían a los "Cihuateteo", los espíritus de las mujeres muertas en el parto, que creían que podían volver para atormentar a los vivos.

En resumen, las civilizaciones precolombinas ofrecían una cosmovisión de los fantasmas estrechamente vinculada a sus doctrinas religiosas y prácticas sociales. Su respeto y temor por los espíritus de los muertos reflejaba la importancia de la memoria, el sacrificio y la conexión con lo divino en sus culturas.

3.6 Grecia y Roma antiguas

Las antiguas Grecia y Roma contaban con una rica tradición de mitos y creencias sobre el más allá y los espíritus de los muertos. Estas historias no sólo nos ofrecen una visión de sus concepciones de la vida después de la muerte, sino que también revelan cómo interpretaban estas culturas el mundo de los fantasmas.

- Antigua Grecia

En la mitología griega, el más allá estaba gobernado por Hades, el dios del inframundo. Las almas de los muertos eran conducidas a su reino por el dios Hermes y debían cruzar el río Estigia. Tras el juicio, las almas virtuosas eran enviadas a los Campos Elíseos, mientras que las malvadas eran castigadas en el Tártaro.

Los griegos creían que los espíritus de los muertos, o "sombras", podían aparecerse ocasionalmente a los vivos, sobre todo en sueños. Hay muchos relatos de apariciones fantasmales en obras como la Odisea de Homero. Además, los griegos rendían culto a los antepasados y ofrecían sacrificios para apaciguar a los espíritus de los muertos.

- Antigua Roma

La antigua Roma heredó de Grecia muchas de sus creencias sobre la vida después de la muerte. Al igual que los griegos, los romanos creían que las almas de los muertos eran llevadas al inframundo, donde eran juzgadas y enviadas a diversas regiones en función de sus acciones en vida.

Los romanos creían en una serie de espíritus y criaturas sobrenaturales. En particular, temían a los "lemures", espíritus de los muertos que, según creían, podían atormentar a los vivos si no se les aplacaba con los rituales adecuados. Durante la Lemuralia, un festival anual, los romanos realizaban rituales para exorcizar a los lemures y proteger sus hogares.

Las antiguas Grecia y Roma ofrecen un amplio abanico de historias y concepciones relativas a los fantasmas. A través de sus mitologías y rituales, podemos ver cómo interpretaban estas culturas la muerte, el más allá y la relación entre los vivos y los muertos.

CAPÍTULO 4

LEYENDAS EN EL MUNDO

4.1 Leyendas europeas

Las leyendas europeas ofrecen una variedad de historias de fantasmas y espíritus que reflejan la diversidad cultural del continente. Estas historias, a menudo arraigadas en tradiciones y creencias ancestrales, nos permiten explorar cómo los distintos pueblos europeos han interpretado el fenómeno de los fantasmas.

- Fantasmas británicos

Las Islas Británicas son famosas por sus historias de fantasmas. Van desde cuentos de damas blancas y caballeros sin cabeza hasta historias de casas encantadas y apariciones fantasmales. Muchas de estas historias están relacionadas con lugares concretos, como castillos, casas solariegas o antiguos campos de batalla. Un ejemplo famoso es el fantasma de la Torre de Londres, donde se dice que aparecen los espíritus de Ana Bolena y otras figuras históricas.

- Fantasmas escandinavos

Escandinavia tiene una rica tradición de historias de fantasmas y criaturas sobrenaturales, muchas de las cuales se remontan a la época vikinga. Uno de los fantasmas más famosos es el draugr, un espíritu de los muertos que reside en los túmulos funerarios y protege sus tesoros. Otros relatos incluyen historias de barcos fantasmales, como la leyenda del "Holandés Errante", y de espíritus de la naturaleza, como los "hulders".

- Fantasmas de Europa del Este

Europa del Este es famosa por sus historias de vampiros y otras criaturas nocturnas, pero también tiene muchas historias de fantasmas. En Rusia, por ejemplo, se habla de los domovoi, espíritus domésticos que protegen el hogar y la familia. Otras historias son las de los rusalki, espíritus de mujeres que murieron ahogadas y que atraen a los hombres hacia la muerte. Las leyendas de fantasmas europeas ofrecen una gran riqueza de historias e imágenes que reflejan las diversas creencias y culturas del continente. A través de estas historias, podemos explorar cómo las diferentes culturas europeas interpretan el mundo de los fantasmas y lo que estas interpretaciones revelan sobre sus valores y temores.

4.2 Leyendas asiáticas

Asia, con su riqueza de culturas y tradiciones, es una fuente inagotable de leyendas e historias de fantasmas. Estas historias suelen reflejar las creencias religiosas y filosóficas de los distintos pueblos asiáticos, así como sus concepciones de la vida y la muerte.

- Fantasmas chinos

China tiene una larga tradición de historias de fantasmas, muchas de las cuales se remontan a la dinastía Tang. Las historias de fantasmas chinas suelen girar en torno a los temas del karma y el castigo. Un ejemplo famoso es la "Mujer de Piedra Blanca", una trágica historia de amor entre un joven erudito y un espíritu femenino.

Además, China cuenta con un festival llamado "Festival de los Espíritus Hambrientos", durante el cual se cree que los fantasmas de los muertos regresan a la Tierra. En esta época, muchas familias ofrecen comida y otras ofrendas para apaciguar a los espíritus.

- Japonés Yūrei

Japón cuenta con una gran variedad de historias de fantasmas, o "yūrei". Estos espíritus suelen representarse como mujeres con túnicas blancas y pelo largo y oscuro, y se dice que son almas de personas que han sufrido una muerte violenta o repentina.

Una de las historias más famosas es la de "Yotsuya Kaidan", sobre una mujer traicionada por su marido que regresa como fantasma para vengarse. Esta historia ha sido adaptada en muchas películas y obras de teatro.

- Fantasmas de la India

En la India, las historias de fantasmas suelen mezclarse con las creencias religiosas hindúes y budistas. Una criatura habitual en las historias indias es el "bhoot" o "pret", el espíritu de una persona muerta que no puede encontrar descanso debido a los pecados cometidos en vida o a una muerte violenta. Estos espíritus pueden poseer a los vivos y causar enfermedades.

Las leyendas asiáticas de fantasmas ofrecen una variedad de historias y concepciones que reflejan la diversidad cultural y religiosa del continente. Estas historias nos permiten explorar cómo interpretan los distintos pueblos asiáticos el fenómeno de los fantasmas y lo que estas interpretaciones revelan sobre sus valores y concepciones de la vida y la muerte.

4.3 Leyendas americanas

Las leyendas americanas, que incluyen las de los pueblos nativos y las desarrolladas con la llegada de los europeos, presentan una gran variedad de historias de fantasmas y apariciones. Estas historias, a menudo vinculadas a lugares o acontecimientos históricos concretos, reflejan las diversas culturas y experiencias del continente americano.

Leyendas de los nativos americanos

Los nativos americanos tienen una rica tradición de historias de espíritus y criaturas sobrenaturales. Estas historias varían mucho de una tribu a otra, reflejando la diversidad de las culturas nativas. Por ejemplo, los navajos hablan de espíritus llamados "chindi", que son la sombra maligna que deja una persona tras su muerte. Otras tribus hablan de espíritus de animales o seres sobrenaturales que viven en la naturaleza.

Fantasmas de Estados Unidos

En Estados Unidos hay muchas historias de fantasmas relacionadas con lugares o acontecimientos históricos concretos. Entre ellas figuran fantasmas de soldados muertos en combate, como los que se dice que rondan el campo de batalla de Gettysburg, o espíritus de personas que murieron trágicamente, como las víctimas del desastre del Titanic que se dice que rondan el Hotel Stanley de Colorado.

Leyendas de América Latina

América Latina cuenta con una gran variedad de historias de fantasmas y espíritus que mezclan influencias indígenas, europeas y africanas. Por ejemplo, en México se cuenta la historia de la "Llorona", una mujer de la que se dice que vagaba en busca de sus hijos, que murieron ahogados en un ataque de ira. Otras historias son las de fantasmas de esclavos o espíritus de la naturaleza.

Las leyendas americanas ofrecen un panorama diverso y fascinante de historias de fantasmas. Estos relatos reflejan la diversidad cultural del continente americano y nos permiten explorar las distintas interpretaciones del fenómeno fantasmal.

4.4 Historias contemporáneas

En la era moderna, las historias de fantasmas han seguido formando parte de la cultura popular, apareciendo en todo tipo de medios, desde películas y libros hasta podcasts y sitios web. Estos relatos contemporáneos suelen mezclar elementos tradicionales con temas modernos, ofreciendo nuevas interpretaciones del fenómeno fantasmal.

Literatura y cine

La literatura y el cine han producido muchas historias de fantasmas memorables. Autores como Stephen King y Anne Rice han escrito libros que exploran lo sobrenatural de formas únicas y a menudo inquietantes. Asimismo, películas como "El sexto sentido" y "Los otros" han ofrecido interpretaciones innovadoras del tema de los fantasmas.

Podcasts y programas de televisión

En los últimos tiempos, los podcasts y los programas de televisión se han convertido en un vehículo popular para las historias de fantasmas. Programas como "The Haunting of Hill House" mezclan elementos dramáticos con historias de fantasmas, mientras que podcasts como "Lore" exploran historias históricas de fantasmas y leyendas locales.

Internet y redes sociales

Internet ha abierto nuevas vías para compartir y descubrir historias de fantasmas. Sitios web como Creepypasta recopilan historias de fantasmas escritas por usuarios de todo el mundo, mientras que la gente utiliza las redes sociales para compartir experiencias personales con lo paranormal.

Las historias de fantasmas contemporáneas siguen explorando y reinterpretando el fenómeno de los fantasmas. A través de estos relatos, podemos ver cómo nuestras concepciones de los fantasmas siguen evolucionando y adaptándose a los cambios culturales y tecnológicos.

4.5 Análisis de las similitudes y diferencias de las leyendas

Al examinar las historias de fantasmas de distintas culturas, podemos identificar tanto similitudes interesantes como diferencias significativas. Estas semejanzas y diferencias pueden aportar importantes conocimientos sobre las concepciones humanas de la vida, la muerte y el más allá.

Similitudes

A pesar de las diferencias culturales, muchas historias de fantasmas comparten ciertos temas comunes. Por ejemplo, en muchas historias aparecen espíritus de personas que murieron de forma trágica o violenta, lo que sugiere una preocupación universal por la justicia y el castigo. Del mismo modo, muchos fantasmas están vinculados a lugares concretos, como casas o lugares de muerte, lo que indica un vínculo entre lo sobrenatural y lo físico.

Además, las historias de fantasmas sirven a menudo para impartir lecciones morales o expresar ansiedades culturales. Por ejemplo, los fantasmas pueden servir como advertencia contra comportamientos inmorales o como expresión de temores relacionados con la muerte y lo desconocido.

Diferencias

Sin embargo, también existen diferencias significativas entre las historias de fantasmas de distintas culturas. Estas diferencias pueden reflejar variaciones en las creencias religiosas, las tradiciones culturales o las concepciones de la muerte.

Por ejemplo, mientras que en las historias occidentales los fantasmas suelen verse como criaturas aterradoras o malignas, en algunas culturas asiáticas los fantasmas pueden verse con más simpatía, como espíritus sufrientes que necesitan ayuda para encontrar la paz. Del mismo modo, mientras que en algunas culturas los fantasmas son vistos como individuos distintos, en otras pueden ser vistos como manifestaciones impersonales de fuerzas espirituales o naturales.

El análisis de las similitudes y diferencias de las historias de fantasmas puede aportar importantes conocimientos sobre las distintas concepciones humanas de lo sobrenatural. A través de estas historias, podemos explorar cómo las diferentes culturas interpretan la vida, la muerte y lo que podría existir más allá.

5.1 La Sociedad Teosófica

La Sociedad Teosófica es una organización internacional fundada en 1875 por Helena Petrovna Blavatsky, Henry Steel Olcott, William Quan Judge y otros. Su misión es unir a la humanidad mediante la promoción de la fraternidad universal, el estudio comparativo de religiones, filosofías y ciencias, y la exploración de las leyes inexpresadas de la naturaleza y los poderes latentes en el hombre.

La Sociedad Teosófica ha desempeñado un papel clave en la popularización de las concepciones orientales de lo sobrenatural entre el público occidental, incluidas las ideas sobre fantasmas y espíritus. Según la teosofía, los fantasmas se consideran "caparazones astrales" o "elementales", residuos psicoenergéticos de personas fallecidas que permanecen en el plano astral. No se considera que estos "cascarones" sean las verdaderas personalidades de los difuntos, sino más bien un eco o sombra de sus personalidades terrenales.

Blavatsky, la figura más conocida de la Sociedad Teosófica, escribió extensamente sobre estos y otros temas relacionados con el ocultismo en sus obras, especialmente "Isis al descubierto" y "La doctrina secreta". Sus ideas han influido en un amplio abanico de pensadores y movimientos, desde la antroposofía hasta la Nueva Era.

La Sociedad Teosófica también ha realizado investigaciones sobre lo paranormal, incluido el fenómeno de los fantasmas. Aunque la sociedad en general siempre ha mantenido un enfoque cauto y escéptico ante estos fenómenos, ha defendido la importancia de la exploración y la investigación abiertas.

En resumen, la Sociedad Teosófica ha ofrecido una visión única e influyente del fenómeno de los fantasmas, mezclando elementos de las tradiciones orientales y occidentales. A través de sus investigaciones y enseñanzas, ha contribuido a una mayor conciencia y comprensión de estos fenómenos en el mundo occidental.

5.2 La Sociedad de Investigación Psíquica

La Sociedad para la Investigación Psíquica (SPR), fundada en el Reino Unido en 1882, es una organización dedicada al estudio científico e imparcial de fenómenos que desafían las explicaciones científicas actuales, incluidos los fantasmas y las apariciones.

A diferencia de muchas organizaciones ocultistas de la época, el SPR se distinguía por su enfoque científico y experimental del estudio de lo paranormal. Recopilaba una gran base de datos de casos de apariciones, realizaba experimentos para comprobar las afirmaciones de médiums y psíquicos e intentaba desarrollar teorías para explicar los fenómenos observados.

Una de las contribuciones más conocidas de SPR al estudio de los fantasmas es su "clasificación de apariciones y fantasmas". Esta clasificación, desarrollada por los primeros miembros de SPR, divide las apariciones en varias categorías en función de su naturaleza y las circunstancias de su avistamiento. Estas categorías incluyen "fantasmas de los muertos", "apariciones de los vivos" y "apariciones colectivas".

El SPR también ayudó a introducir el concepto de "poltergeist", un tipo de fenómeno paranormal caracterizado por ruidos y movimientos de objetos inexplicables. El SPR ha llevado a cabo numerosas investigaciones sobre supuestos casos de poltergeist, contribuyendo a desarrollar una mejor comprensión de estos fenómenos.

A lo largo de su dilatada historia, la SPR ha atraído a muchos científicos e intelectuales eminentes, como el físico William Crookes, el filósofo Henry Sidgwick y el psicólogo William James. Estos y otros miembros de la SPR contribuyeron a legitimar el estudio de los fantasmas y lo paranormal como una empresa científica seria.

En resumen, la Sociedad para la Investigación Psíquica ha desempeñado un papel crucial en el intento de aplicar métodos científicos al estudio de los fantasmas. Aunque sus conclusiones han sido a menudo controvertidas, ha contribuido a sacar el debate sobre los fantasmas del ámbito del ocultismo puro y duro y llevarlo al terreno de la investigación científica.

5.3 La Orden Hermética de la Aurora Dorada

La Orden Hermética de la Aurora Dorada fue una de las sociedades ocultistas más influyentes de finales del siglo XIX y principios del XX. Fundada en el Reino Unido en 1887 o 1888 por tres masones, William Wynn Westcott, Samuel Liddell MacGregor Mathers y William Robert Woodman, la Golden Dawn se hizo conocida por su síntesis de prácticas mágicas, simbolismo místico y estudios esotéricos.

En cuanto a los fantasmas y los espíritus, las concepciones de la Golden Dawn tienen sus raíces en sus complejas creencias y prácticas esotéricas. Las doctrinas de la Golden Dawn estaban fuertemente influidas por la Alquimia, la Cábala, el Rosacrucismo, el Espiritismo y un sinfín de otras tradiciones esotéricas y religiosas.

Según sus enseñanzas, los fantasmas son manifestaciones de entidades espirituales o astrales que existen en distintos planos de la realidad. Estos planos están interconectados y pueden interactuar entre sí de diversas maneras, en las que se puede influir mediante rituales mágicos e invocaciones.

La Aurora Dorada también enseñaba técnicas de comunicación e interacción con estos espíritus. Los miembros aprendían métodos de proyección astral, adivinación y evocación de entidades espirituales. Estas prácticas solían realizarse dentro de un riguroso sistema ritual y simbólico.

Aunque la Golden Dawn no llevó a cabo investigaciones paranormales del mismo modo que organizaciones como la Society for Psychical Research (Sociedad para la Investigación Psíquica), ha tenido un enorme impacto en el pensamiento y la práctica ocultistas. Sus influencias pueden verse en muchas tradiciones mágicas y ocultistas contemporáneas, así como en varios autores y artistas, entre ellos el poeta William Butler Yeats, uno de los miembros más conocidos de la orden.

En resumen, la Orden Hermética de la Aurora Dorada aportó una visión única y ricamente simbólica de los fantasmas y los espíritus. Aunque la orden original dejó de existir a principios del siglo XX, sus ideas y prácticas siguen influyendo en el pensamiento esotérico hasta nuestros días.

5.4 La Iglesia de Satán

La Iglesia de Satán es una organización religiosa fundada por Anton Szandor LaVey en 1966. Contrariamente a lo que podría sugerir su nombre, la Iglesia de Satán no adora al diablo ni fomenta el mal, sino que ve a Satán como un símbolo de la libertad individual, la rebelión y la iluminación racional.

En la filosofía de la Iglesia de Satán no existe la creencia tradicional en fantasmas o espíritus de personas fallecidas. Más bien se hace hincapié en la importancia del aquí y ahora, con énfasis en la gratificación sensorial y terrenal, la responsabilidad individual y la autonomía.

LaVey, autor de la "Biblia Satánica", definía la magia en términos psicológicos y simbólicos más que sobrenaturales. Según él, la magia era un medio de influir en la mente y la percepción, más que de manipular fuerzas invisibles o entidades espirituales.

Sin embargo, la Iglesia de Satán no niega totalmente la existencia de lo paranormal. Algunos miembros pueden tener creencias personales en fenómenos como fantasmas o poltergeists, pero se consideran creencias individuales y no doctrina oficial de la Iglesia.

En esencia, la Iglesia de Satán ofrece una visión esencialmente escéptica y materialista de los fantasmas. No obstante, reconoce la importancia del simbolismo y el ritual en la vida humana, y anima a sus miembros a explorar estas áreas para su propio beneficio personal y psicológico.

5.5 Organizaciones paranormales modernas

Las organizaciones paranormales modernas son un conjunto diverso de grupos e individuos dedicados a estudiar, investigar y documentar fenómenos paranormales, incluidos los avistamientos de fantasmas y la actividad poltergeist. Estas organizaciones abarcan desde pequeños equipos locales hasta grandes organizaciones internacionales, y muchas de ellas utilizan tecnología avanzada y métodos científicos para intentar comprender y documentar estos misteriosos fenómenos.

Algunas de estas organizaciones son la Paranormal Research Society, el Ghost Club, la National Paranormal Society y muchas otras. Estas organizaciones llevan a cabo investigaciones de campo, a menudo utilizando herramientas como termómetros, cámaras de infrarrojos, detectores de movimiento y grabadoras digitales para intentar captar pruebas de actividad paranormal.

Muchas de estas organizaciones se mueven por el deseo de comprender lo desconocido y proporcionar consuelo y aclaración a quienes creen haber experimentado fenómenos paranormales. Al mismo tiempo, muchas de estas organizaciones mantienen un enfoque escéptico y crítico, tratando de descartar explicaciones naturales o fraudulentas antes de atribuir un suceso a lo paranormal.

Además de estas organizaciones de investigación de campo, también hay una serie de organizaciones académicas y de investigación dedicadas al estudio de lo paranormal, como el Centro de Investigación del Rin y el Instituto de Ciencias Noéticas. Estas organizaciones tratan de aplicar métodos científicos rigurosos al estudio de los fenómenos paranormales, y han producido una gran cantidad de investigaciones sobre temas como la percepción extrasensorial, la psicoquinesis y los avistamientos de fantasmas. Representan un segmento importante del panorama general del fenómeno de los fantasmas. Con un enfoque que a menudo combina el rigor científico, la amplitud de miras y el deseo de ayudar a los demás, estas organizaciones siguen desempeñando un papel clave en el intento de comprender y documentar la experiencia humana de los fantasmas.

5.6 Críticas y controversias

Aunque algunas personas creen firmemente en los fantasmas y los fenómenos paranormales, estas creencias no están exentas de críticas y controversias. Éstas se manifiestan de diversas formas, desde rigurosos análisis científicos de supuestos avistamientos de fantasmas hasta cuestionamientos sobre la eficacia y la ética de las organizaciones que investigan estos fenómenos.

- Desde un punto de vista científico, muchos investigadores afirman que no hay pruebas suficientemente rigurosas que respalden la existencia de fantasmas. Las explicaciones naturales, como las ilusiones ópticas, la hipnagogia (un estado de semiinconsciencia entre la vigilia y el sueño), el efecto de determinados campos magnéticos y fenómenos psicológicos como la sugestión o la alucinación, pueden explicar muchas de las experiencias denunciadas como avistamientos de fantasmas.

- Las críticas se extienden también a las organizaciones que investigan fenómenos paranormales. Algunos críticos afirman que estas organizaciones carecen de rigor científico, se basan en anécdotas inverificables o explotan el miedo y la incertidumbre con fines lucrativos.

- Otra fuente de controversia se refiere a la ética de la investigación paranormal. Por ejemplo, las prácticas de algunos "cazafantasmas" que interactúan con supuestos espíritus sin el consentimiento de quienes podrían estar implicados (como propietarios de viviendas o familiares de los fallecidos) pueden considerarse intrusivas o respetuosas.

- Además, existe el problema de las afirmaciones falsas. Ha habido numerosos casos de supuestas actividades paranormales que han resultado ser fraudulentas, lo que ha contribuido al escepticismo sobre todo este campo.

A pesar de estas críticas, el interés por los fantasmas y lo paranormal sigue siendo elevado. Muchas personas siguen creyendo en estos fenómenos, sostenidas por experiencias personales y el deseo de explorar lo desconocido. El debate sobre estos temas, por tanto, está llamado a continuar.

CAPÍTULO 6

POSIBLES EXPLICACIONES

6.1 Explicaciones psicológicas

Las explicaciones psicológicas de los fantasmas tratan de entender los fenómenos paranormales a través del prisma de la psicología humana. Este campo examina cómo la mente humana puede crear o interpretar determinadas experiencias, como los avistamientos de fantasmas.

Una de las teorías más comunes es la de las alucinaciones. Las personas pueden experimentar alucinaciones visuales o auditivas por diversos motivos, como el estrés, la falta de sueño, el consumo de drogas o afecciones médicas. A menudo, estas alucinaciones pueden adoptar formas humanas o parecer presencias invisibles, que pueden interpretarse como fantasmas.

Otra explicación psicológica es la hipnagogia y la hipnopompia, estados de conciencia entre el sueño y la vigilia. Durante estos estados, las personas pueden experimentar alucinaciones vívidas, parálisis del sueño y una sensación de presencia que puede confundirse fácilmente con avistamientos de fantasmas.

También puede influir la pareidolia, la tendencia humana a ver patrones familiares (como caras o figuras humanas) en imágenes aleatorias o ambiguas. Este fenómeno puede explicar por qué la gente ve "fantasmas" en fotografías borrosas o en lugares oscuros y mal iluminados.

Por último, el efecto Forer o efecto Barnum, un fenómeno psicológico en el que las personas tienden a interpretar descripciones vagas y generales como exactamente específicas de ellas, puede explicar por qué la gente se identifica con las historias de fantasmas o siente que estas experiencias reflejan las suyas propias.

Estas explicaciones psicológicas no niegan necesariamente la existencia de fantasmas. Sin embargo, ofrecen formas en las que las experiencias de fantasmas pueden ser creadas o interpretadas por la mente humana, independientemente de la realidad de tales fenómenos.

6.2 Supuestos físicos

Las hipótesis físicas para explicar los fantasmas intentan encontrar una base científica para estos fenómenos, a veces utilizando principios físicos conocidos o teorizados.

Una de las explicaciones físicas más comunes se refiere a los campos electromagnéticos. Algunos investigadores han sugerido que las variaciones en los campos electromagnéticos pueden causar sensaciones que la gente interpreta como actividad paranormal. Por ejemplo, las variaciones de campo pueden provocar sensaciones de miedo o malestar, visiones periféricas de figuras o luces, o incluso alucinaciones. Sin embargo, la investigación en este campo sigue en curso y los resultados suelen ser contradictorios.

Otra hipótesis se refiere a las vibraciones infrasónicas. Los infrasonidos son ondas sonoras con frecuencias inferiores a las que normalmente percibe el oído humano. Se han sugerido como posible explicación de algunos avistamientos de fantasmas, ya que pueden provocar diversos efectos físicos y psicológicos, como ansiedad, miedo, escalofríos y visiones periféricas.

Algunos investigadores también han sugerido que los "fantasmas" podrían ser interpretaciones humanas de fenómenos cuánticos o multidimensionales. Estas teorías son muy especulativas y no gozan de gran aceptación entre la comunidad científica, pero ofrecen interesantes perspectivas sobre la naturaleza de la realidad y la percepción humana.

Hay que decir, sin embargo, que ninguna de estas hipótesis físicas ha proporcionado hasta ahora una explicación definitiva de todos los supuestos avistamientos de fantasmas. La investigación en este campo continúa, con el objetivo de encontrar explicaciones científicas a uno de los fenómenos más duraderos y extendidos de la experiencia humana.

6.3 Hipótesis multidimensionales

La hipótesis multidimensional es una teoría emergente en el campo de los fenómenos paranormales, que sugiere que las apariciones fantasmales podrían explicarse mediante conceptos extraídos de la física teórica.

La teoría de cuerdas, por ejemplo, sugiere que el universo puede tener muchas más dimensiones de las que percibimos en nuestra vida cotidiana. Algunos defensores de la hipótesis multidimensional sugieren que los "fantasmas" podrían ser entidades o fenómenos que existen en estas dimensiones adicionales y que, ocasionalmente, interactúan con las tres dimensiones espaciales y la dimensión temporal que percibimos.

Otra teoría, la del universo paralelo o multiverso, sugiere que podría existir un número infinito de universos paralelos al nuestro, cada uno con sus propias leyes físicas, espacio y tiempo. Según esta teoría, los "fantasmas" podrían ser intrusiones o reflejos de estos universos paralelos en el nuestro.

Por último, la teoría cuántica de la información sugiere que la información sobre un sistema físico, como una persona o un objeto, puede persistir incluso después de que el propio sistema haya desaparecido o cambiado. Algunos interpretan esta teoría como una sugerencia de que los fantasmas podrían ser información residual de personas fallecidas, que persiste en el tejido de la realidad.

Estas hipótesis son altamente especulativas y no han sido ampliamente aceptadas o confirmadas por la comunidad científica. Sin embargo, ofrecen formas interesantes y provocadoras de pensar sobre el fenómeno de los fantasmas y sus posibles explicaciones.

6.4 Crítica a las explicaciones científicas

Las explicaciones científicas de estos fenómenos son objeto de varias críticas:

- Falta de reproducibilidad: Uno de los principios fundamentales de la ciencia es que los experimentos deben ser reproducibles, es decir, si se realiza el mismo experimento en las mismas condiciones, debe producir los mismos resultados. Sin embargo, los fenómenos paranormales, incluida la aparición de fantasmas, son notoriamente inconsistentes y difíciles de reproducir en el laboratorio, lo que dificulta su estudio científico.

- Sesgo de confirmación: existe una tendencia natural en las personas a buscar, interpretar y recordar la información de forma que confirme sus creencias preexistentes. Este sesgo puede llevar a malinterpretar los datos o a sobrestimar la importancia de los hallazgos que apoyan la opinión del investigador.

- Inferencia inductiva: Muchos críticos argumentan que, dado el limitado número de avistamientos de fantasmas en comparación con la población general, no se pueden extraer conclusiones generales de los datos. En otras palabras, no se puede afirmar con certeza que los fantasmas existan o no a partir de un conjunto limitado de experiencias individuales.

- Problemas metodológicos: Muchas de las técnicas utilizadas para estudiar a los fantasmas, como el uso de "detectores de fantasmas" o la grabación de EVPs (Electronic Voice Phenomena), han sido criticadas por su falta de fiabilidad y validez científica.

- Explicaciones alternativas: Por último, aunque una explicación científica pueda parecer adecuada para un determinado fenómeno, esto no excluye la posibilidad de otras explicaciones. Por ejemplo, aunque una persona experimente una sensación de miedo o incomodidad en un lugar que se cree embrujado, esto podría deberse a diversos factores ambientales o psicológicos, no necesariamente a un fantasma.

Esta crítica no pretende restar valor a la investigación científica sobre fantasmas, sino más bien poner de relieve las dificultades y retos inherentes al estudio de tales fenómenos. Muchos investigadores de lo paranormal acogen estos retos como oportunidades para refinar sus metodologías y profundizar en su comprensión del mundo paranormal.

CAPÍTULO 7

FENÓMENOS PARANORMALES

7.1 Poltergeist

En este capítulo exploramos un fenómeno que ha fascinado y asustado a la gente durante siglos: el poltergeist.

El término "poltergeist" procede del alemán y significa literalmente "espíritu ruidoso". Tradicionalmente, los poltergeist se asocian a fenómenos inquietantes como ruidos inexplicables, objetos que se mueven solos y una sensación general de presencia invisible. Estos fenómenos están documentados en muchas culturas y épocas diferentes, desde historias de fantasmas romanos hasta leyendas medievales y avistamientos modernos. Algunos de los casos de poltergeist más famosos y documentados son el "Enfield Poltergeist" en el Reino Unido, el "Bell Witch Poltergeist" en Estados Unidos y el "Rosenheim Poltergeist" en Alemania.

Aunque los poltergeist suelen asociarse a los fantasmas, hay muchas teorías alternativas que intentan explicar estos fenómenos. Algunas sugieren que los poltergeist podrían estar causados por energía psicoquinética involuntaria, a menudo emitida por individuos sometidos a estrés emocional o psicológico. Otras teorías especulan con la posibilidad de que los poltergeist sean el resultado de actividades geológicas o atmosféricas inusuales.

Muchos investigadores han intentado estudiar científicamente los poltergeist, pero, como ocurre con muchos fenómenos paranormales, las pruebas suelen ser anecdóticas y difíciles de reproducir en un laboratorio.

En cualquier caso, el fenómeno poltergeist sigue intrigando y asustando, alimentando la imaginación popular con historias de casas encantadas y espíritus inquietos.

7.2 Medio y canalizador

Los médiums y canalizadores son personas que afirman tener la capacidad de comunicarse con entidades espirituales, incluidos los fantasmas.

El fenómeno puede remontarse a la antigua Grecia y Roma, pasando por el espiritismo victoriano, hasta las prácticas contemporáneas. Figuras históricas significativas fueron las Hermanas Fox, que iniciaron el movimiento espiritista moderno en el siglo XIX, y médiums famosos como Daniel Dunglas Home y Eusapia Palladino. Las diversas técnicas utilizadas por los médiums y canalizadores incluyen la escritura automática, la transfiguración, la canalización de la guía espiritual y la lectura de objetos o lugares personales (psicometría).

Las explicaciones científicas y psicológicas propuestas para estas habilidades han sido, a lo largo de la historia, la telepatía, las alucinaciones, el trance y la sugestión. Además, ha habido críticas y controversias en torno a estas prácticas, incluidas acusaciones de fraude, engaño y manipulación psicológica.

El papel de los médiums y canalizadores en la sociedad moderna se considera a menudo tanto fuente de consuelo para quienes buscan contactar con seres queridos fallecidos como objeto de escepticismo y burla. A pesar de la controversia, las figuras de médiums y canalizadores siguen generando un intenso interés y debate sobre el tema de la vida después de la muerte y la naturaleza de la realidad.

7.3 Apariciones y visiones

Intriga, misterio, miedo y reverencia: las apariciones y las visiones evocan una serie de reacciones intensas, dando forma a mitos, leyendas y creencias religiosas a lo largo de siglos y culturas. Este capítulo le llevará de viaje a través de la fina niebla que separa nuestro mundo cotidiano del oculto, explorando las múltiples caras de las apariciones y las visiones.

7.3.1 Definiciones y diferencias

Antes de sumergirnos en el enigmático mundo de las apariciones y las visiones, es importante definir estos términos. Una aparición, en términos generales, es la percepción sensorial de una entidad más allá de la experiencia física normal - a menudo un fantasma o el espíritu de una persona fallecida. Las visiones, en cambio, son experiencias más internas y subjetivas, a menudo vinculadas a experiencias místicas o proféticas. Mientras que una aparición puede aparecer a varias personas en una habitación, una visión suele ser una experiencia exclusivamente personal.

7.3.2 Apariciones en la Historia

Desde Banquo, el fantasma que persigue a Macbeth en la famosa tragedia de Shakespeare, hasta los cuentos victorianos de damas blancas y espíritus inquietos, las apariciones pueblan nuestra literatura y nuestro folclore. Esta sección examina la variedad de estas entidades y cómo se interpretaron y comprendieron estas figuras en el contexto cultural y religioso de su época.

7.3.3 Apariciones y visiones en el contexto religioso

Las apariciones y las visiones desempeñan un papel fundamental en muchas tradiciones religiosas. Pensemos, por ejemplo, en las numerosas apariciones marianas de las que se tiene noticia en la tradición católica, como las de Lourdes y Fátima. Estas visiones no sólo han influido significativamente en la devoción individual, sino que también han modelado las prácticas y creencias de la Iglesia en su conjunto.

7.3.4 Explicaciones psicológicas y neurológicas

Pero, ¿qué nos dicen la psicología y la neurología sobre estas experiencias? Algunos investigadores han propuesto teorías sobre la proyección psicológica, la hiperactividad en regiones específicas del cerebro y la experiencia de estrés o trauma. Aunque es posible que estas explicaciones no abarquen todas las experiencias, ofrecen una visión intrigante de los posibles mecanismos que subyacen a las apariciones y visiones.

7.3.5 Investigación de apariciones y visiones

A pesar de la naturaleza subjetiva y a menudo anecdótica de muchas de estas experiencias, ha habido intentos de estudiar las apariciones y visiones de forma sistemática. En esta sección se analizan algunas de estas investigaciones, desde relatos de testigos presenciales hasta estudios de casos, y se reflexiona sobre los retos que plantean para la investigación científica convencional.

7.3.6 Apariciones y visiones en la cultura contemporánea

Para concluir, nos centraremos en las apariciones y visiones en el contexto de la cultura contemporánea. En una época de escepticismo científico e indagación espiritual, estas experiencias siguen suscitando debate, excitando nuestra imaginación y, en algunos casos, infundiendo miedo. Ya sean historias de fantasmas contadas alrededor de una hoguera, apariciones marianas que atraen a miles de peregrinos o visiones personales que cambian la vida de un individuo, las apariciones y visiones representan un aspecto fascinante y perdurable de la experiencia humana.

7.4 Experiencias cercanas a la muerte

Una experiencia cercana a la muerte, o ECM, es un fenómeno que algunas personas relatan tras acercarse a la muerte o en circunstancias de intenso peligro o trauma. Estas experiencias tienen profundos efectos psicológicos y espirituales en quienes las experimentan, y a menudo incluyen elementos de un viaje a otro reino o dimensión, un encuentro con entidades espirituales, un sentimiento de paz o amor incondicional, y una percepción alterada del tiempo y el espacio. En este capítulo exploraremos la investigación sobre las ECM, las teorías que intentan explicarlas y sus implicaciones para nuestra comprensión de la vida y la muerte.

7.4.1 Definición y tipos de ECM

Comencemos por esbozar una definición de las ECM y examinar los distintos tipos de estas experiencias. Aunque varían mucho de una persona a otra y de una cultura a otra, las ECM suelen tener algunas características comunes que nos ayudan a comprender mejor la naturaleza de estas experiencias extraordinarias.

7.4.2 Investigación sobre las ECM

La investigación sobre las ECM es un campo de estudio relativamente reciente, pero ha producido algunos resultados sorprendentes. Analizaremos los estudios que han examinado la prevalencia de las ECM, sus efectos psicológicos y espirituales, y las similitudes y diferencias entre las ECM registradas en distintas culturas.

7.4.3 Teorías sobre las ECM

Las ECM han estimulado una serie de teorías que tratan de explicarlas. Éstas van desde hipótesis neurológicas, que sugieren que las ECM son el resultado de una actividad cerebral específica en respuesta a un trauma, hasta teorías espirituales, que ven en las ECM la prueba de una experiencia del más allá o de otro mundo.

7.4.4 Implicaciones de las ECM

Por último, examinaremos las implicaciones de las ECM. Estas experiencias suelen tener un profundo impacto en quienes las experimentan, provocando cambios duraderos en la personalidad, las actitudes hacia la vida y la muerte y las creencias religiosas o espirituales. También estudiaremos cómo encajan las ECM en el contexto más amplio de nuestras concepciones culturales y personales de la vida, la muerte y lo que podría existir más allá.

CAPÍTULO 8

PERSONALIDADES HISTÓRICAS RELACIONADAS CON EL OCULTISMO

8.1 Harry Houdini

Harry Houdini, nacido Erik Weisz, es una figura central en la historia de lo paranormal no por sus habilidades como médium o vidente, sino como uno de los mayores escépticos y desacreditadores del fenómeno. Conocido sobre todo como el mayor ilusionista y escapista de su época, Houdini también dedicó una parte importante de su carrera a desenmascarar a falsos médiums y sacar a la luz los trucos utilizados para engañar a personas crédulas. Sus habilidades como ilusionista le situaron en una posición única para comprender y desenmascarar los trucos utilizados por los falsos médiums.

8.1.1 Houdini y lo paranormal

A pesar de ser un mago de escenario, Houdini también estaba intensamente interesado en lo paranormal. Examinaremos sus interacciones con la Sociedad Americana de Investigación Psíquica y su relación con Sir Arthur Conan Doyle, ferviente creyente de lo paranormal y las sesiones de espiritismo.

8.1.2 La guerra de Houdini contra los falsos médiums

La cruzada de Houdini contra los falsos médiums está bien documentada. Desde sus lecturas públicas hasta sus comparecencias ante los tribunales, Houdini estaba decidido a desenmascarar los trucos utilizados por quienes afirmaban poder comunicarse con los muertos. Analizaremos algunos de sus desmentidos más famosos y discutiremos los métodos que utilizó para desenmascarar a los estafadores.

8.1.3 El legado de Houdini

La batalla de Houdini contra lo paranormal ha tenido un impacto duradero en la percepción pública del fenómeno. Reflexionaremos sobre cómo su legado sigue influyendo en los enfoques contemporáneos de las afirmaciones sobre lo oculto y lo paranormal. Por último, examinaremos cómo la vida y la obra de Houdini demuestran la importancia de mantener un enfoque escéptico y racional cuando se trata de fenómenos que no pueden explicarse fácilmente.

8.2 Sir Arthur Conan Doyle

A pesar de su fama como autor de las historias de Sherlock Holmes, Sir Arthur Conan Doyle era también un ferviente espiritista que creía firmemente en lo paranormal y en la posibilidad de comunicarse con el más allá. Su creencia en el espiritismo, a pesar de sus creaciones literarias centradas en la lógica y la deducción, provocó muchas discusiones y controversias. A pesar de su formación médica y de haber creado al superracional detective Sherlock Holmes, a Doyle le fascinaba lo oculto y buscaba pruebas de vida después de la muerte.

8.2.1 Doyle y el espiritismo

Doyle se convirtió en un defensor del espiritismo tras presenciar una serie de sesiones de espiritismo. Esta sección explorará su viaje espiritual y las experiencias personales que le llevaron a creer firmemente en la comunicación con los muertos.

8.2.2 Doyle, Houdini y la Gran Fractura

A pesar de su amistad inicial, Doyle y Houdini estaban dramáticamente divididos en cuestiones paranormales. Esta sección analizará su famosa disputa, alimentada por posturas polarizadas: la ferviente creencia de Doyle en lo paranormal y la determinación de Houdini de desenmascarar a los falsos médiums.

8.2.3 Locuras de hadas

Uno de los episodios más notorios de la carrera espiritual de Doyle fue su participación en las Fairy Follies, una serie de fotografías en las que aparecían dos niñas con lo que parecían ser hadas. Examinaremos esta polémica y el papel que desempeñó Doyle en su apoyo.

8.2.4 El legado de Doyle

Por último, consideraremos el legado de Doyle como ardiente defensor del espiritismo. A pesar de que sus creencias fueron a menudo objeto de burlas y críticas, su nombre permanece tan estrechamente ligado a lo oculto como al detective Sherlock Holmes. Reflexionaremos sobre cómo su creencia incontrolada e incondicional en lo paranormal contrasta con la figura racional y lógica de Holmes, ofreciendo un interesante ejemplo de la complejidad y contradicción humanas.

8.3 Ed y Lorraine Warren

Ed y Lorraine Warren son dos de las figuras más célebres en el campo de la investigación paranormal. Conocidos por sus estudios de casos famosos de persecuciones demoníacas, fantasmas y posesiones, su trabajo ha tenido un impacto significativo en la cultura popular, inspirando varias películas de terror de éxito. Ed, demonólogo autoproclamado, y Lorraine, médium psíquica, dedicaron sus vidas al estudio y la documentación de fenómenos paranormales. Hablaremos de sus orígenes y del camino que les llevó a convertirse en investigadores de lo paranormal.

En 1952, los Warren fundaron la Sociedad de Investigación Psíquica de Nueva Inglaterra, la organización de investigadores de fenómenos paranormales más antigua de Estados Unidos.

Los Warren son famosos por su participación en varios casos muy sonados, como la casa encantada de Amityville, la muñeca Annabelle y el caso Poltergeist de Enfield.

A pesar de su fama, los Warren también fueron objeto de muchas críticas. Muchos han cuestionado la veracidad de sus casos y la ética de sus investigaciones.

Por último, analizaremos el legado perdurable de los Warren. Su trabajo ha tenido un impacto significativo en la cultura popular, inspirando una serie de películas, libros y documentales. Han desempeñado un papel importante en la formación de la percepción pública de lo paranormal y su impacto duradero en la investigación paranormal.

8.4 Personalidades contemporáneas

En esta era de tecnología avanzada y ciencia progresista, la exploración de lo paranormal ha dado un giro bastante moderno. Los investigadores de lo paranormal utilizan una combinación de técnicas históricas y herramientas tecnológicas para intentar documentar y comprender lo desconocido. Algunas de las figuras más famosas en esto campo son Zak Bagans, Jason Hawes e Yvette Fielding, entre otros.

Zak Bagans

Zak Bagans es conocido por ser el principal investigador y presentador del popular programa de televisión "Ghost Adventures". Esta sección del capítulo explorará los orígenes de Bagans en la investigación paranormal, la evolución de su carrera y su enfoque distintivo, a menudo intenso, de la investigación paranormal.

Jason Hawes

Jason Hawes, fundador de la Atlantic Paranormal Society (TAPS) y presentador del programa de televisión "Cazafantasmas", es otra figura destacada en el campo de la investigación paranormal.

Hablaremos de su camino hasta convertirse en investigador paranormal, de los métodos de investigación de Hawes y de su compromiso con la formación y la educación en el campo de lo paranormal.

Yvette Fielding

Como presentadora y productora del programa británico "Most Haunted", Yvette Fielding contribuyó a dar a conocer la investigación paranormal en el Reino Unido. Analizaremos su carrera, su enfoque de la investigación paranormal y el impacto que "Most Haunted" ha tenido en la percepción de lo paranormal en el Reino Unido y más allá.

.

CAPÍTULO 9

AVISTAMIENTOS EN LA HISTORIA

A lo largo de la historia ha habido numerosos avistamientos y relatos de fantasmas y espíritus que han llamado la atención del público. He aquí algunos de los más famosos:

La casa encantada de Amityville

Se trata probablemente de uno de los avistamientos de fantasmas más famosos del mundo, gracias en parte a una serie de libros y películas. Según las historias, la familia Lutz, que se había mudado a una casa en Amityville (Nueva York), donde el año anterior se había producido un asesinato en masa, empezó a experimentar una serie de fenómenos espeluznantes, como avistamientos de fantasmas y actividad demoníaca.

El fantasma de la Torre de Londres

La Torre de Londres es famosa por sus apariciones fantasmales, entre ellas la de Ana Bolena, decapitada por orden de su marido, Enrique VIII, y la de los Príncipes de la Torre, dos jóvenes herederos al trono supuestamente asesinados por orden de su tío, Ricardo III.

El fantasma de la dama gris de Raynham Hall

Uno de los avistamientos de fantasmas más famosos y fotografiados es el de la Dama Gris de Raynham Hall, en Inglaterra. La famosa fotografía, tomada en 1936, muestra una figura brumosa parecida a una mujer que desciende por las escaleras.

El fantasma del campo de batalla de Gettysburg

Gettysburg, Pensilvania, fue el escenario de una de las batallas más sangrientas de la Guerra Civil estadounidense. Muchos visitantes y residentes locales afirman haber visto u oído fantasmas de soldados y recreaciones de la batalla. Algunos avistamientos incluso se han grabado en vídeo.

El fantasma de Versalles

En 1901, dos profesores ingleses que visitaban el Petit Trianon de Versalles afirmaron haber retrocedido en el tiempo hasta la corte de María Antonieta. Describieron haber visto personas y objetos que pertenecían a la época prerrevolucionaria. Aunque no se trata de un avistamiento de fantasmas en el sentido tradicional, el incidente de Versalles se ha convertido en uno de los casos más famosos de fenómenos paranormales.

La casa encantada de Enfield

En el distrito londinense de Enfield, una madre soltera con cuatro hijos denunció actividad poltergeist en su casa en la década de 1970. Los sucesos incluían muebles que se movían solos, voces aterradoras y la aparente posesión de los niños. El suceso fue ampliamente difundido y atrajo la atención de investigadores de lo paranormal, entre ellos Ed y Lorraine Warren.

Hotel Stanley

El Hotel Stanley de Colorado es famoso por sus avistamientos de fantasmas, incluidas supuestas apariciones de sus propietarios originales, F.O. y Flora Stanley. Este hotel inspiró a Stephen King para escribir su famosa novela "El Resplandor". Huéspedes y empleados han relatado experiencias como objetos que se mueven solos, sonidos misteriosos y apariciones.

Hospital Sanatorio Waverly Hills

El sanatorio Waverly Hills de Kentucky, que en su día fue un hospital para tuberculosos, es famoso por sus frecuentes apariciones fantasmales. Los huéspedes han denunciado desde voces y sonidos aterradores hasta avistamientos de figuras oscuras y apariciones de antiguos pacientes.

Plantación Myrtles

La plantación Myrtles de Luisiana suele considerarse uno de los lugares más encantados de Estados Unidos. Huéspedes y propietarios han informado de avistamientos de diversas apariciones, entre ellas la de Chloe, una esclava que supuestamente envenenó a la familia de su amo, y los fantasmas de esos familiares.

El asesinato con hacha de la Casa de Villisca

La casa del Asesinato del Hacha de Villisca, en Iowa, es el lugar de un asesinato sin resolver ocurrido en 1912 en el que ocho personas fueron brutalmente asesinadas. Desde entonces, se han registrado numerosos avistamientos de fantasmas y actividad paranormal, como voces de niños que ríen, pisadas y objetos que se mueven solos.

El puente de Overtoun

Situado en Escocia, el puente de Overtoun está envuelto en un misterio inusual y espeluznante, más que en un avistamiento de fantasmas. Por alguna razón desconocida, varias familias de perros han saltado a la muerte desde el mismo lado del puente, lo que ha llevado a especular sobre posibles fuerzas sobrenaturales.

Aunque estas historias varían en cuanto a detalles y credibilidad, todas contribuyen a aumentar el interés y el misterio que rodean al fenómeno de los fantasmas y los espíritus.

Capítulo 9.3 - Análisis e interpretaciones de los fenómenos

La fascinación por el fenómeno de los fantasmas y los espíritus, que se ha hecho aún más atractiva por los numerosos avistamientos e historias de los que hemos hablado en capítulos anteriores, ha estimulado una serie de análisis e interpretaciones. Estos análisis, a menudo elaborados por investigadores, psicólogos, científicos y estudiosos de los fenómenos paranormales, intentan dar una explicación a lo que a menudo escapa a nuestra comprensión inmediata.

Análisis psicológicos

Uno de los enfoques más comunes de la interpretación de los fenómenos paranormales es el psicológico. Según esta perspectiva, los avistamientos de fantasmas pueden ser el resultado de procesos psicológicos como la sugestión, la alucinación, la disociación o la hipersugestionabilidad. Por ejemplo, en una situación de estrés o miedo, la mente humana puede crear imágenes o sonidos que parecen reales, pero que en realidad son producto de la imaginación.

Análisis sociológicos

Algunos estudiosos han abordado el fenómeno de los fantasmas y los espíritus desde una perspectiva sociológica, argumentando que estas experiencias pueden estar influidas por creencias culturales y sociales. En otras palabras, vemos e interpretamos los fenómenos paranormales de formas influidas por nuestra cultura, expectativas y creencias personales. Esto puede explicar por qué hay variaciones en las historias de fantasmas entre distintas culturas.

Análisis parapsicológico

La parapsicología es una disciplina que estudia los fenómenos paranormales, incluidos los avistamientos de fantasmas. Muchos parapsicólogos afirman que hay pruebas suficientes que apoyan la existencia de fantasmas, y se centran en fenómenos como la telepatía, la precognición, la psicoquinesis y la supervivencia post mortem. Sin embargo, la parapsicología no está ampliamente aceptada como ciencia legítima y sus afirmaciones suelen ser objeto de críticas y debates.

Análisis científicos

Algunos investigadores han intentado aplicar métodos científicos para estudiar el fenómeno de los fantasmas. Esto puede incluir el uso de instrumentos como cámaras de imágenes térmicas, detectores de campos electromagnéticos, grabadoras de sonido digitales y otros para intentar captar pruebas físicas de actividad paranormal. Sin embargo, a pesar de estos esfuerzos, estas pruebas a menudo no son concluyentes o se ponen en duda.

A pesar de los diversos análisis e interpretaciones, el fenómeno de los fantasmas y espíritus sigue siendo un misterio. Cada interpretación tiene sus puntos fuertes y débiles, y hasta que no comprendamos mejor el mundo natural y sobrenatural, seguirán despertando curiosidad y fascinación.

CAPÍTULO 10

CONCLUSIONES

Capítulo 10.1 - El papel de los fantasmas y los espíritus en el arte

Estas representaciones artísticas reflejan a menudo las creencias y preocupaciones culturales de la época en que fueron creadas y siguen conformando nuestra forma de ver e interpretar el fenómeno de los fantasmas y los espíritus.

Literatura

La literatura es uno de los principales medios a través de los cuales se ha desarrollado nuestra comprensión de los fantasmas y los espíritus. Desde las historias de fantasmas de la tradición oral hasta los relatos de fantasmas del siglo XIX y las novelas de terror contemporáneas, la literatura ha proporcionado un rico campo de exploración para lo sobrenatural. Algunos ejemplos famosos son "El fantasma de Canterville" de Oscar Wilde, "Historia de un fantasma" de Henry James y, por supuesto, "El fantasma de la ópera" de Gaston Leroux.

Cine y televisión

El cine y la televisión han dado vida a fantasmas y espíritus de formas visualmente impresionantes. Películas como "Los otros" (2001), "The Ring" (2002) y "The Grudge" (2004) llevaron a los espectadores a un viaje a través de lo sobrenatural, a menudo combinando elementos de suspense y terror. Del mismo modo, series de televisión como "Sobrenatural" y "The Haunting of Hill House" han explorado el tema de los fantasmas y los espíritus de forma tan aterradora como atractiva.

Música

La música es otra forma de arte en la que se ha explorado ampliamente el tema de los fantasmas y los espíritus. Desde canciones pop como "Thriller" de Michael Jackson hasta piezas clásicas como "Danse Macabre" de Camille Saint-Saëns, la música ha dado voz a nuestros miedos y fascinaciones por lo sobrenatural.

Artes visuales

Por último, las artes visuales, desde la pintura a la escultura, han representado a menudo fantasmas y espíritus de diversas maneras. Por ejemplo, los artistas del Renacimiento solían pintar escenas de apariciones de fantasmas o espíritus como símbolos de mensajes o advertencias divinas.

En todas las formas de arte, los fantasmas y espíritus se representan de maneras que reflejan las creencias, miedos y esperanzas de la sociedad. Este capítulo explora en detalle estas representaciones y cómo han contribuido a nuestra comprensión de lo sobrenatural.